고맙습니다.
그래서 나도
고마운 사람이고 싶습니다

고맙습니다,
그래서 나도
고마운 사람이고 싶습니다

원태연 에세이

자음과모음

## 2

## 움직이는 거짓말 탐지기

# 3

## 걸어다니는 쓰레기

# 4

## 커피는 쓰고, 너는 달고, 나는 영원히 살고 싶었다

# 5

## 잔

6

내 마음은 어떻게 생겼을까?

이제 막,

　　첫 장을 펼친 당신에게…

거긴 지금 하늘이 어때요?

여긴 지금 어릴 때 바라본 하늘처럼

맑고 파랗고 손을 뻗어보고 싶을 만큼 가까워요.

그리고 난 기분이 아주 많이 좋아요. 아까부터 흔들림 없이…

왜냐하면 이 에세이를 다 쓰고 지금 이 인사말을 쓰는 중이거든요. 그래서 난 지금 기분 좋은 내 뇌파가 당신에게 전달이 됐으면 좋겠어요.

기분 좋으면

기분 좋잖아요…

2021년 3월 14일 8시 17분

시인 원태연

## 어느 공간

비밀 하나만 말해줄래요?
비밀이요?
네, 비밀이요
먼저 해줄래요?
제가요?
네
난 비밀이 좀 많은데?
다행이네요
뭐가요?
난 시간이 아주 많거든요

# 1.

# 당신의 비밀을
# 말해주세요

\*\*

●

‑‑‑‑‑ 자기…

‑‑‑‑‑‑‑ 자비?

출판계약을 했다.

요즘 에세이가 대세란다.

심지어 주제는

"자기 자비요?"

"네."

"내가요?"

"네, 작가님이요."

"나한테!"

"네! 작가님한테요."

미치셨어요?

내가?

나한테?

어떻게 더?

가당치도 않은 소리

차라리 반성문을 쓰라고 하지.

맘 잡고 쓰면… 장편? 아니 전집이라도 쓸걸? 이라고


말

하고

싶었지만


맞은편에 앉은 출판사 대표님이 선물한 노트북으로

    타 출판사의 시를 먼저 쓰고 있노라 고백 겸 사과를 하고 시

작한 터라


"전 저한테 더 베풀 자비가 없는데요, 어떡하죠?"


라는

농담인 듯 농담 아닌 농담 같은 진담을 했고

침묵과 무표정으로 일관하는 출판사 대표님의 아우라에서


1. 당신의 비밀을 말해주세요

영화 〈친구〉의 유오성 씨 얼굴에 칼자국을 낸 조폭 두목의 대사가 떠올랐다.

"니는, 약은 다아 우리한테서 얻어묵고 충성은 엉뚱한 데서 맹세했다메, 응?"

●

——— 나에게 제출하는
———— 나의 하드코어 반성문


이 에세이의 현재 제목이다. 제목을 먼저 정해놓고 책을 쓴 적은 없지만 주제를 정해놓고? 아니지, 주제를 받아놓고 책을 쓴다는 건 생각해본 적도 없기에 생각만 해도 지근지근 머리카락이 아팠다. 괜히 쓴다고 했나? 내가 두통약을 어떻게 끊었는데… 하지만 이미 계약을 했고 계약을 안 했어도 3년 전부터 다시 출판할 명분과 용기 그리고 몇 가지 편의를 봐준 출판사 대표님에게 이번에 한 약속을 또 안 지킨다면 난 양치기가 아니라 양아치…지.

망망대해… 난 뭔가가 필요했다. 그 뭔가가 뭔지는 모르겠지만 표류 중인 조난자에게 도움을 줄 수도 버릴 수도 없는 나침판 같은 거라도. 그래서 무작정 제목부터 정했다. 시작은 반이라

고 나에게 필요한 그 뭔가가 뭔지를 몰라 뭐가 뭔지 모를 때와
는 하늘과 땅 차이다. 이제 남은 문제는 하나, 어떻게? 도대체 어
떻게? "나에게 제출하는 나의 하드코어 반성문"으로 나에게 자
비를 베풀 수 있을까? 단 하나뿐인데, 셰익스피어의 명문장처럼
그것이 문제였다.

●
_____ 자비

명사. 크게 사랑하고 가엽게 여김

●
_____ 마음의 무게

국어사전에서
자비의 뜻을 읽고
처음에는 뭉클했다가
다시 한번 읽고 울컥하다가
덮고 나서는
한참을 칼처럼 심장을 찌른다

왜 그랬을까? 왜 그랬을까? 왜 그랬을까?

처음부터 알았지만
내가 나한테 좀 많이 미안했는지, 다시 한번

왜 그랬을까? 왜 그랬을까? 왜 그랬을까…

●

——— 나는

    말을 잘한다, 특히 거짓말을 잘한다. 나는 난독증이다. 마흔 살이 넘어 함께 테니스를 치던 정신과 형님한테 들어서 알았다. 나는 겨울을 좋아한다. 나는 나를 잘 모른다. 그래서 나는 내가 어떤 사람인지 말해주는 사람들의 말에 귀를 기울인다. 좋은 말도 나쁜 말도 칭찬도 상처도. 나는 지구에서 가장 학생 수가 많은 초등학교를 졸업했다. 2학년 23반 오후반이었고 졸업할 때까지 수나 우보다, 양과 가가 많았던 통지표에는 늘 "주의가 산만하다"고 적혀 있었다. 내가 산처럼 크다는 소린 줄 알았다. 나는 난독증이다. 나는 첫 시집을 내기 전까지 네 권의 시집을 본 게, 아니 읽어본 게 전부였고 그런 내가 나는 부끄러웠다.

● 

___ 그리고 나는




나를

싫어한다

...

● 

───── 그래서 나는

슬픔을 만날 때마다
내가, 내가 아니기를 바랐다
버스 출입문 앞자리에 앉아
나를 뺀 모든 사람들을 부러워하며
내가, 내가 아니라면
내가, 나만 아니었다면
하면서
창밖을 바라보았던
열일곱 살의 겨울 어느 날부터
그것은 슬픈 주문이었고 어쩌면 간절한 기도였다.

그러는 게 아니었는데

그러는 거 아니었는데

나는 나한테
너무 많이 잘못했다.

—— 멋있는 남자

멋있는 남자가 되고 싶었지
멋있잖아, 멋있는 남자
극복할 수 없는 문제가 있었지
난 멋이 너무 없었거든
하지만 포기할 수 없었지
멋있잖아, 멋있는 남자
그때부터야
흉내 내기 시작한 거

멋있는 남자들의
멋있는 손가락질 하나부터
멋있는 말투와 욕, 욕하는 표정까지

실수하면 연습했고 실패를 하면 반복을 했지

날 봐주고 들어주고 알아주길 바라면서
내가 얼마나 초라하고 창피하고 내가 싫었는지 알아?

모를 거야. 그땐 나도, 내가 나를 보고 있는지 몰랐으니까.

## 눈물 버튼

아이들이 거짓말을 처음 시작하는 순간은

진짜를 얘기했을 때 어른들이 믿어주지 않는, 그 순간부터라

고 한다.

●

————— 오십 원

　오십 원 때문이었다. 내가 기억하는 내 첫 번째 거짓말은. 일곱 살 땐가? 여덟? 아니 일곱 살이 맞을 거야. 짝은누나와 큰누나는 학교에 갔고 집에는 엄마랑 나 둘뿐이었으니까. 엄마는 자상한 목소리와 침착한 표정으로 "태연아, 오십 원으로 뭐 했어?"라고 물었고 난 대답을 할 수가 없었다, 무슨 소린지를 몰랐으니까. 그 순간 엄마의 자상한 목소리와 침착한 표정은 점, 점, 점, 점 더 무섭게 굳어졌고 "뭐 했어! 오십 원으로!"라고 다그치는 엄마의 눈빛은 마치 범인을 확신하고 바라보는 명탐정 코난 같았다.

　하필이면 그날 아침 외삼촌이 다녀갔고 내가 말하면서도 말이 안 된다고 생각했지만, 억울했던 일곱 살 남자아이는 결백을 주장할 방법이 없었고 "삼촌이 가져갔나 보지!"라고 하필이면 엄마가 이 세상에서 제일 싫어하는 두 가지, 도둑질과 거짓말을 한꺼번에 해버린 말도 안 되는 아들, 아니 못돼 처먹은 새끼가 되고 말았다. 억울하게도 지극히 개인적인 엄마의 시각에서였지만…

엄마는 일곱 살 때, 엄마의 엄마 아빠랑 함께 살지 못하고 엄마의 외할아버지 집에서 도둑놈의 딸이라는 호칭으로 불리며 상상 초월하는 서러움을 받으며 성장했었다고 들었다. 함경도 갑부였던 장인에게 사업 자금을 받아 일본으로 떠나서 30년 후에나 돌아오신 엄마의 아빠, 그러니까 나의 외할아버지 때문에…

엄마는 신발장에서 구둣주걱을 들고 와 그 당시 오십 원이었던 아이스크림 '누가바'를 사 먹었다는 거짓 자백을 할 때까지 날 때렸지. 엄마에게는 교육이 목적이었던 사랑의 매였지만 나에게는 동그랗고 푸른색이었던 지구를 울퉁불퉁하고 딱딱한 돌덩어리로 만든 순간이었어. 엄마를 이해해. 지금은…

엄마가 나한테 잘못한 건 3개지만
엄마가 나한테 잘해준 건 3억 7천 3개니까.

●

—— 귤껍질

그날 밤 엄마는 귤을 까서 내 입에 넣어주었고, 난 식탁 위에
엄마가 까놓은 귤껍질이 느린 화면으로 펼쳐지는 꽃잎처럼 서
서히 펴지는 걸 바라보면서 울었다. 억울한 나의 마음속은 바짝
메말라 습도가 0퍼센트였지만, 엄마가 화를 풀어서 다행이었던
나의 눈물샘은 차고 넘쳤었나 보다…

## ● _____ 첫 이사

보통 첫! 이라는 관형사 다음에는 첫 키스라든지 첫사랑, 아
니면 첫 경험, 그마저도 아니라면 조금 전 나처럼 첫! 거짓말에
대한 이야기를 하는 게 그나마 일반적이지만 불행히도 내 인생
은 일반적이기 싫거나 튀고 싶어서가 아닌 그냥 인생 자체가 도
대체 두서가 없다.

[어린이 여러분, 이제 잠자리에 들 시간입니다. 내일을 위해
일찍 자고 일찍 일어나는 건강한 어린이가 됩시다.]

1980년 겨울. 내가 살던 신길 18동 전체가 정전이 됐다. 그리
고 난 10시가 되면 내일을 위해 일찍 자고 일찍 일어나는 건강
한 어린이가 되어야 했던 동네 친구들에게 내일 이사한다는 말

을 못 한 채 어둠 속에서 내일 아침에 찾아내야만 할 중요한 물건만을 생각하고 있었다. 밤이라 추운지, 겨울이라 추운 건지, 친구들과 작별 인사를 못 해서 추운 건지, 여하튼 무지하게 추운 밤이었다.

짝은누나와 큰누나가 촛불에 의지한 채 각자의 중요한 물건들을 챙기고 있을 때 내 머릿속에는 그저 '오십 원, 오십 원, 오십 원…' 이사 가기 전날 나에게 중요한 물건은 묵직한 돼지저금통과 문이 위로 열리는 파란색 미니카. 그리고 비가 너무 안 와서 맑은 날에만 신었던 노란색 미키마우스 장화가 아닌 그저 '오십 원, 오십 원, 오십 원…' 그저 오십 원, 오십 원, 오십 원뿐이었다.

●

___ 십 원짜리

_____ 다섯 개

이사 가는 날 아침. 아버지는 출근을 했고 짝은누나 큰누나는 각자의 짐을, 엄마는 신발을 신은 채 집에 들어와 그 전날 싸둔 짐들을 나르는 아저씨들에게 이것저것을 주문하고 있었다. 그리고 나는 오십 원을 훔친 범인으로 몰린 다음 날부터 2년 동안 총채와 큰누나의 삼각자로 들쑤셨지만 아무것도 나오지 않았던 장롱 밑을 초조하고 떨리는 마음으로 바라보고 있었다.

그리고 드디어 신발을 신은 채 안방으로 들어가 장롱을 들고 나오는 아저씨들 사이를 비집고 뛰어 들어가 밀어 넣고 들쑤시다 놓쳐버렸던 총채와 큰누나의 삼각자, 구슬과 딱지들 사이에서 뿌옇게 먼지가 쌓인 십 원짜리 다섯 개를 찾아내고야 말았다. 지금 생각해보니 그 순간이 어린 나에게는 유년 시절의 첫 누명이 풀리는 굉장히 감동적인 순간이었을 것 같다.

 "엄마! 엄마, 엄마! 엄마아!!"

 누명을 벗을 확실한 증거였던 먼지 쌓인 십 원짜리 다섯 개를 들고 엄마에게 보여줬던 그 순간이란… 가히 충격… 그… 자체였다.

 "얘가 왜 이래! 정신없게."

 아무것도 기억을 못 하는 엄마를 보며 발을 동동 구르다 바쁘고 정신없는 엄마를 대신한 큰누나한테 혼났던 고집불통, 철딱서니, 그게 나였다. 이사하는 집으로 가는 트럭 안에서 그곳이 아닌 어딘가 다른 곳으로 가고 싶었지만 그곳이 어디인지 몰랐던 고집불통, 철딱서니, 아직 한참은 어린아이… 그게 나였다.

●

───── 그게

──────── 나였다


열다섯 살. 소년, 항상 심심했던 철부지, 공부도 운동도 싸움도 학교도 싫어했던 남녀 공학의 남녀 합반 중학교 2학년 1반 47번, 그게 나였다. 이따금씩 수업 시간에 엉뚱한 소리로 반 아이들과 선생님들을 웃기던 2학년 1반 47번 원태연, 그게 나였다. 가정환경조사서 장래 희망란에 "멋. 있. 는. 남. 자"라고 작성했다가 종례 시간 담임 선생님의 한마디에 웃기는 아이에서 우스운 놈으로 전락해버린 2학년 1반 47번 원태연이, 그게 나였다.


"원태연이, 멋있는 남자가 직업이야? 뭐 먹고 살라고?"


2학년 1반은 62번까지였다. 남자 32, 여자 30. 합치면 62명이 한꺼번에 터뜨린 그 웃음소리는 나까지, 아니 나마저도 날 부끄럽게 생각하기에 충분히 차고 넘쳤다. 나를 사랑하는 방법도, 나를 지키는 방법도 몰랐던 나는 교실에 서서 모두의 조롱거리가 된 내가 아닌, 교실에 앉아 조롱거리가 된 나를 비웃고 있는 무리에 섞여 같이 웃고 싶었던 쪼다, 그게 나였다.

만약, 자신을 지키는 사람들만 옷을 입을 자격이 있다면 나 같은 사람은 나뭇잎으로 중요 부위만 가린 채 전봇대 뒤에 몰래 숨어서 아무도 다니지 않는 새벽을 기다리고 있는 셈이겠지, 그래서 항상 내가 부끄러웠을까?

●
—— 나는 나한테
———— 사과해야 된다

나는 나한테 사과해야 된다. 선생님은 희망과 직업의 차이를 몰랐다, 고 치자! 사실 그것부터 말이 안 되는 장면이지만 "선생님! 희망 직업이 의사라면 장래 희망은 환자를 위해 자신을 희생할 수 있는 멋있는 의사가 맞지 않나요? 아닌가요?"라고 되묻지 못한 나, 나는 나한테 사과해야 된다.

그리고 한꺼번에 웃음을 터뜨린 2학년 1반 61명의 아이들에게 "야! 군인들이 왜 항상 똑같은 옷을 입는지 알아? 언제든지 대체 가능하기 때문이거든!"이라고 날 비웃는 그 눈동자들을 하나씩, 하나씩, 하나씩 쳐다보면서 비웃어주지 못한 나, 나는 나한테 사과해야 된다.

그리고 또, 어떻게든 그 상황을 빨리 모면하고 싶어 장래 희망에는 꿈이 아닌 직업을 쓰는 걸 미처 몰랐다는 듯, 61명의 아이들과 함께 웃어버렸던 62번째의 나. 나는 나한테 사과해야 된다. 하지만 나는 아직도 나한테 사과하는 방법을 모르겠다···

1. 당신의 비밀을 말해주세요

●
_____ 두 번째
_____ 장래 희망

　나는 수영장에 풀어놓은 상어 같은 사람이 되고 싶어, 같이
수영을 할 수는 있지만 한시도 긴장을 풀거나 눈을 뗄 수 없는

●
───── 나에게 보내는
─────── 편지

태양이 폭발하면 지구에서는 그걸 8분 후에나 알 수 있대, 빛이 오는 데 걸리는 시간이 있거든. 그 8분 동안 세상은 멀쩡하고 활기차고 평화롭겠지. 33년 전 겨울밤 내가 죽여버리려고 했던 너처럼, 그래서 내가 옥상으로 끌고 올라갔었던 나처럼. 그리고 난 8분 후에 지구가 폭발하는 순간에도 그날의 너, 아니 그날의 나에게 용서를 구하지 못할 거야. 나는 남한테는 감사도 사과도 잘하지만 나한테는 감사도 사과도 인색한 덜떨어진 인간이잖아.

●

———— 원태연이

그날은 진짜 추웠지, 크리스마스 며칠 전이었으니까. 모두들
나보다 두꺼운 옷을 입고 있었지만 나보다 더 추워 보였어. 그리
고 난 아무 일도 없는 사람처럼 보이고 싶어서 코트 소매 끝에
매달린 실밥을 뜯고 있었지.

"야! 원태연이, 너 인마 또 떨어졌어!"

내가 내 이름을 싫어하게 된 계기가 되는 순간이었지. 왜 내
이름 끝에는 받침이 있을까? 만약 내 이름 끝에 받침이 없었다
면 조금은 더 부드럽게 불리거나 그렇게까지 무시당하는 사람처
럼 불리지 않았을 텐데… 하면서 어떻게든 내가 저지른 그 무지
막지한 상황에서 탈출해보려고 노력에, 노력에 노력을 더했어.

내가 아무리 열심히 기도해봤자 어차피 하느님은 미국 애들만 좋아할 텐데, 뭐… 라고 아무런 잘못 없는 하느님한테 괜한 짜증을 내면서 말이야.

●

———— 곰팡이 냄새

옛날 옛날에 연합고사라는 시험이 있었습니다. 중학교에서 고등학교로 올라가는 학생들이 치르는 입시 제도였는데 60명 정원에 많으면 3명? 4명? 2명? 정도가 탈락하는 아주 착한 시험 이었습니다. 그 착한 시험을 그 당시 사람들은 '고입 연합고사' 혹은 "붙기보다 떨어지기가 더 힘든 시험"이라고 불렀습니다. 그리고 나는 옛날 옛날에 붙기보다 떨어지기가 더 힘들다는 그 착한 시험을 한 번도 아니고 두 번씩이나 떨어졌습니다.

그날 밤, 거리는 크리스마스 네온으로 반짝였고 평소 10분 거리였던 집을 두 시간 넘게 돌아서 도착했지만 나는 차마 현관문을 열 수가 없었습니다. 그래서 항상 열려 있었던 아파트 지하실로 들어가 문을 닫았습니다.

익숙한 지하실에 익숙했던 곰팡이 냄새. 눈을 감으면 올챙이 꼬리처럼 생긴 처음 보는 폭죽들이 머릿속 여기저기서 펑! 펑! 펑! 터졌습니다. 그리고 난 올챙이 꼬리처럼 생긴 처음 보는 폭죽들이 머릿속 여기저기서 펑! 펑! 펑! 터질 때마다 이상한 꿈을 꾸는 것 같은 잔인한 희망을 품었지만 익숙한 지하실에 익숙했던 그 곰팡이 냄새 때문에 눈을 뜰 수가 없었습니다.

## 어느 공간

뭘 하고 싶어요? 뭐든 될 수 있다면
뭐든지요?
네, 뭐든지
말하기 싫은데…
해봐요, 어차피 꿈인데
그래서 더 싫어요

2.

움직이는
거짓말 탐지기

*
*

●

_____ 비가 오길

_____ 기도했지

맑은 하늘은

조바심이 났거든

●

___ 내일이

_____ 오지 않을까 봐

    비 오는 하늘은 바라보고 있으면 색깔이 바뀐다. 파란색에서 회색빛으로 검은빛에서 파란색으로… 운 좋은 날에는 일곱 색깔 무지개까지. 1분에 몇 번씩 바뀌는 내 기분과 비슷하고 빗물이 눈에 들어가 편하게 울어도 되는 옵션까지 있다. 그리고 아주 잠깐이지만 나는 자유롭고 행복하다. 그리고 순수해진다. 하품하는 강아지처럼, 우는 아이처럼, 내 스스로 나에게 낙오자라는 낙인을 찍어버리기 전의 어느 날의 나처럼…

●

___ 낙오자

명사. 어떤 집단이나 경쟁 상대를 쫓아가지 못하여 뒤로 처진
사람

내가 어렸을 때 난 집 안을 뛰어다니면서 숨는 걸 좋아했대, 엄마는 날 항상 찾아내지 못했었고. 어느 날은 다락방에 숨어 있다 잠들어 새벽에 배고파 울던 기억이 나. 근데 참 이상하지, 나는 지금 숨지도 않았는데 세상은 왜 나를 못 찾는 걸까? 심지어 나 여기 있다고 소리치고 있는데도 말이야.

●

_____ 알고

_____ 싶어요…

　알고 싶어요… 사람들이 가끔 닭과 달걀을 두고 뭐가 먼저인
지 대립할 때 병아리의 자존감은 얼마나 바닥을 치고 있을는지.
알고 싶어요… 다 쓴 치약을 버릴 때처럼 다 쓴 칫솔을 버리지
못하고 망설이는 건 미련한 건지 알뜰한 건지, 아님 아직 멀쩡한
데 버려지면 어쩌나 불안해하는 나 같아서인지. 알고 싶어요…
모스신호 같은 사람들의 대화 속에 내가 끼어들지 못한다는 걸
들키지 않을 방법은 결국 침묵뿐이었는지.

힘든 하루를 보낸 날

술친구에게

친구야, 내가 힘들다고 얘기할 때 내 눈을 바라보면서 해결책을 내놓거나 돌파구를 찾아주려고 하지 말고 그냥 술잔을 채워줘. 혹시 내 잔이 채워져 있다면 그 잔에 쨍! 건배하면서 "마셔, 태연아" 하고 이름을 불러줘. 나는 사람들이 알고 사람들이 말하고 사람들이 생각하는 나 말고 오래전에 네가 "이 자식은 꼭 무슨 만화책에 나오는 사람 같아"라고 말했던 내가 더 좋거든.

●
_____ 그리고
_____ 친구야




　난 항상 타인의 시선으로 나를 봐. 늘 웃을까 말까 고민하고 사람들이 좋아하는 나를 연기하지. 너한테는 한 번도 그런 적이 없을 거야, 넌 내 친구니까⋯ 하지만 난 사람들을 만날 때면 시선은 상대방에게 주고, 마음은 시계를 보고, 신경은 온통 다 발가락에 가 있어. 발가락에 10분 이상 힘을 주고 있으면 발에 쥐가 나거든. 참다가 적당한 때가 오면 나는 화장실로 가지.

　이따금씩 같이 가자는 사람들이 있는데 그 사람들은 몰랐을 거야. 내가 얼마나 불편해했는지. 왜 그러냐고? 글쎄⋯ 나도 잘 모르겠어, 내가 왜 그러는지. 얼마 전에 술 마실 때 보니까 네가 나보다 더 잘 아는 것 같던데? 그날 네가 그랬잖아, 나는 날 잘 보여주지 않는다고.

●

——— 그러니까

——— 친구야

 

 

내가 어느 날 너덜너덜한 걸레처럼 보이거나 그런 말을 하거나 그렇게 행동을 해도 너는 나한테 자존감을 가지라거나 그걸 키우라는 말은 하지 마. 나는 자존감이 뭔지 그게 왜 필요한지는 알지만 그걸 어떻게 키울 수 있는지는 잘 모르거든. 그래서 누가 나한테 자존심을 버리고 자긍심을 가지라거나 자존감이 부족한 것 같다는 말을 하면 듣기 좀 거북해, 그게 누구든지⋯

그리고 혼자 돌아서면 난 항상 자괴감에 빠지지. 마트 수산물 코너에 굵은 소금이 뿌려진 생선들처럼 말이야. 알아, 다 내 생각해서 그런다는 거. 근데 그렇게 나를 생각한다면 내가 지금 뭐가 필요한지, 당장 뭘 하고 싶은지 물어보는 게 먼저 아닐까? 아냐? 나 같으면 그럴 것 같은데⋯

62
63

●
###### 만약에
###### 친구야

　내 자존감을 나보다 더 걱정해주는 사람이 부자라면 나는 리무진을 불러달라고 할 거야, 차가운 샴페인이 가득 차 있는 검은색으로. 반대로 그 사람이 가난하다면 나는 지갑 속에 있는 돈을 다 꺼내서 줄 거야, 집에 택시 타고 가라고. 그런 다음에 난 그 사람이 부자든 가난하든, 그 사람이 불러준 리무진에 앉아 차가운 샴페인을 마시든 그 사람에게 버스비까지 탈탈 다 털어주고 집까지 걸어가든 상관없이, 꼭 "그런 말은 아무도 듣고 싶어 하지 않는다"고 아주 정중하게 문자메시지를 보낼 거야.

　아무리 그래도 내 자존감을 나보다 더 걱정해주는 사람한테 "님이나 잘하세요, 님이나" 이런 문자를 보낼 순 없잖아.

●
───── 일과

나는 살면서 참 많은 잘못을 했다. 귀를 열어야 할 때 입을 열었고 위로가 필요했던 사람들의 마음을 관찰했고 훔쳐봤고 사용했다. 다정해야 할 때 나는 냉정했고 약속을 어긴 날에도 항상 숙면을 취했다. 사랑은 내가 필요한 만큼만 했고 이별은 항상 내가 먼저였다. 그래서 나는 "나를 사랑하지 못해서 다른 사람도 사랑하지 못하는 불쌍한 사람"이라는 무심히도 내뱉은 누군가의 그 말에 가슴이 또 먹먹해진다.

## 어깨 좀
### 빌려줘

그림자 같은 하루를 마치고. 내 그림자를 밟으며 걷다가. 수많은 사람들이 오고가는 분주한 거리에 서서. 내가 밟고 서 있는 내 그림자의 그림자에 그림자처럼. 이 삶도 잠시 정지시키고 싶은, 내 그림자의 그림자에 그림자.

### 사랑이라 쓰면
### 외로움이라 읽는 사람들

그런 사람들이 있다. 불쌍한 사람들을 보면 가슴이 아픈, 도와주고 싶고 나누어 주고 싶지만 자신도 가진 것이 별로 없어, 가진 것이 별로 없는 자신에게 또 상처받는 사람들. 그런 사람들을 그렇지 않은 사람들은 이상한 사람들이라 부른다. 하지만 그렇지 않은 사람들이 모르는 게 있다. 이상한 사람들의 가슴속에는 시간이 흘러도, 시간이 아무리 흘러도 아물지 않은 상처가 있다는 것을. 아물지 않는 그 상처 때문에 나를 사랑하는 방법도 다른 사람을 사랑하는 방법도 모르는 아주, 아주, 아주 불쌍한 사람들이라는 것을.

●

_____ 목소리의

_____ 형태

 

말은 씨가 된다. 그리고 사람의 감정은 아주 작은 일에도 엄청나게 큰 파도를 친다. 우리는, 누군가 자신의 비루함과 취약함 그리고 나약함을 지적하면 순식간에 절망에 빠져 비난을 독약처럼 마시고는 아무렇지도 않은 척을 한다. 나약한 나 자신을 어루만질 용기가 없기 때문이다. 자신을 진심으로 아끼는 사람의 손길을 느껴보지 못했기 때문이다.

말은 씨가 된다. 그리고 씨가 된 그 말은, 듣는 사람의 귀가 아닌 마음속에 뿌리를 내린다.

●

_____ 나에게

_____ 도착한 편지

용기가 뭐니? 용기라는 단어니? 뭔가를 담는 그릇이니? 아니면 누군가 널 보고 있을 때 굳이 끌어내야만 하는 너니? 눈을 떠, 그리고 똑바로 봐. 용기가 뭔지, 그게 지금 너한테 왜 필요한지. 뭐든 한 번이 어렵지, 그래서 항상 처음이 무서운 거고. 미래를 우리가 선택할 수 있다면 운명이 베토벤 다섯 번째 교향곡 제목이게? 고민 말고 결정을 해. 너를 믿을 건지, 네가 믿고 싶은 걸 믿을 건지. 뭐가 됐든 저녁은 먹어야 될 거 아니야?

●
___ 마음을 여는
_____ 열쇠

아무한테나 먼저
함부로 고개 숙여 인사하지 말고
화장실 갈 땐
똑, 똑, 똑
꼭
노크 먼저
한숨이 나올 땐
참지 말고 크게 한 번 후우우우
다시 한번 더 크게 후우우우우우우

●

———— 움직이는

————— 거짓말 탐지기

 

나는 거짓말을 잘합니다, 나만 알고 있습니다. 나는 춤을 잘 춥니다, 나도 몰랐습니다. 나는 항상 혼자 있습니다, 같이 있는 사람들은 모릅니다. 나는 대한민국에서 제일 많은 욕을 먹고 제일 많이 시집을 판 아주 유명한 시인입니다, 출판사에서 그랬습니다. 나는 한량입니다, 돈이 떨어지면 글을 쓰고 일이 떨어지면 핸드폰을 켜고 둘 다 떨어지면 돈을 안 씁니다. 아는 사람들은 다 압니다. 나는 도시락만 들고 학교에 간 적이 있고 개교기념일에 혼자 운동장에 서서 도시락은 어쩌지? 라는 걱정을 한 적이 있습니다, 수위 아저씨는 모르십니다. 나는 글을 쓰는 작가가 아닌 마음을 읽는 시인이었습니다, 그때는 몰랐습니다. 그리고 나는 나를 잃어버렸습니다, 아무도 모르고 있습니다.

●

_____ 나를

_____ 찾아줘

그러면 내가 너를 찾아줄게

—— 나는 내가

———— 하나 더 있었으면 좋겠어

내가 무슨 물건이냐고? 응, 나한테 나는 물건이야. 잃어버리면 무슨 짓을 할지 몰라 꼭꼭 숨겨둬야 하는. 나는 ADHD거든, 그게 뭐냐고? 98퍼센트가 범죄자나 노숙자가 되고 2퍼센트는 창작자가 된다는 주의력결핍 과잉행동증후군이야. 미국의 몇몇 주에서는 초등학교 때 검사해서 100퍼센트 다 약을 먹인대. 2퍼센트의 창작자를 위해 98퍼센트의 범죄자를 양성할 수 없다는 취지로 말이야.

내가 초등학교 때 우리나라에는 그런 병명조차도 없었지. 그리고 정신건강의학과가 아닌 정신병원이, 치료가 필요한 환자가 아닌 격리가 필요한 병자만 있었어. 그러니까 나는 그냥 이상한 애였겠지? 마냥 이상하기만 했던 애, 눈치 없고 주의가 산

만해서 늘 면학 분위기를 망치는…

그런 나보고 럭키래, 행운아. 함께 테니스를 치던 정신과 형
님이 그랬어. 감사하라는 말까지 덧붙이면서. 감사하지, 그럼 감
사하고말고. 교도소의 수감자나 노숙자가 아닌 2퍼센트의 창작
자로 살고 있으니까. 그렇게 항상 감사를 하다가 문득 이런 생각
도 들어. 근데, 누구한테?

●

━━━ Father,

━━━━━ let's go to the Songnisan this fall

내가 살면서 단 한 사람한테만 사과할 수 있다면 난 중학교 2학년 1학기 영어 선생님한테 하고 싶어. 수업 시작 전 반장과 부반장, 누구와 누구도 아닌 "태연아" 하고 부르시며 나를 예뻐해주신 그 영어 선생님. 난 그 사랑에 보답하듯 교과서를 들지 않고 일어나 항상 긴 플레어스커트를 입고 계신 선생님을 바라보면서 그날의 수업 범위를 외웠고 영어 수업은 내가 자리에 앉은 후부터 시작됐지. 언제부턴지는 기억 안 나지만 언젠가부터 매일매일, 매일. 우리 반 모든 아이들의 질투와 시기가 시작됐지만 난 신경 쓸 겨를이 없었어. 처음이었으니까, 엄마와 아버지를 제외한 어른들의 사랑은…

얼마나 좋았냐고? 영어 교과서를 통째로 달달달 외울 만큼?

지금은 다 까먹었지만 왜? 내가 선생님한테 "선생님? 선생님은 왜 눈동자 색깔이 다르세요?"라고, 해서는 안 될 질문을 했거든.

●

───── 그날, 그, 순간, 순간들

사랑이 악몽으로 탈바꿈하는 순간이었지
도대체 이 세상에는 뭐 하러 태어났을까? 싶던
머리카락 한 올의 움직임까지 다 소각시켜버리고 싶었던

●

_____ 소금쟁이

　소금쟁이 본 적 있어? 왜 계곡에 놀러 가면 여러 개의 발을 쫙 펴고 물 위에 둥둥 떠 있는 곤충 있잖아. 생각해봐, 아마 본 적이 있을 거야. 마치, 바퀴 없는 미래의 슈퍼카처럼 물 위를 지그재그로 빠르게 옮겨 다니는.

　난 그것보다 더 빨라, 나한테서 도망칠 때는… 그게 나야, 지가 지금 무슨 짓을 하는지도 모르면서 일단 저질러버리고 보는. 그리고 책임을 져야 할 순간이 오면 낙엽이 물에 떨어지기도 전에 사라져버리는 소금쟁이보다 더 빠르게 나에게서 도망치는 ADHD. 주의력결핍 과잉행동증후군 환자.

　내가 진짜 선생님이 의안이셨던 걸 몰랐을까? 진짜 솔직하게

아직까지도 잘 모르겠지만 내 질문을 받고 나를 바라보며 흘러
내리던 그분의 눈물은 지금도 기억이 나. 내 눈동자에서 흘러내
리는 것처럼 아주 생생하게…

●

_____ 내 머릿속에

_____ 지우개

 

선생님의 마법이었을까? 나는 그날 그 수업 시간에 구원투수처럼 다급히 교체된 남자 선생님의 경상도 사투리가 섞인 그 단원의 첫 문장 "Father, let's go to the Songnisan this fall" 말고는 중학교를 졸업할 때까지 나의 영어 선생님도 영어책도 영어 수업도 보거나 읽거나 들었던 기억이 없어. 마치 내 머릿속에 지우개가 깨끗하게 지워버린 것처럼.

그날 이후로 참 오랫동안 나의 기도는 "하느님, 제가 두 번 다시는 당신을 찾지 않게 해주세요"뿐이었고 난 그 짧고 이기적이었던 기도를 마치기 전에 항상 선생님에게 하고 싶었던 얘기를 이렇게 늘 혼자서 중얼거렸었지. 지금처럼 눈을 감으면, 그날처럼 선명한 나의 영어 선생님을 바라보면서.

## 고맙습니다

나는 그 말이 참 좋았습니다. 고마운 건 고마운 거니까, 고마운 건 참 좋은 거니까요. 그래서 나는 고마운 사람들이 좋았고 나도 고마운 사람이고 싶었습니다. 고마운 건 고마운 거니까, 고마운 건 참 좋은 거니까요. 고맙습니다. 나는 선생님이 참 좋았습니다, 그래서 나도 선생님에게 고마운 사람이고 싶었습니다.

## 어느 공간

과자 깨무는 소리요?
네, 과자 깨무는 소리요
그때가 몇 살 때였죠?
스물일곱
그 남자는 어떻게 됐나요?
어떤 남자?
입 안의 혀처럼 굴다 결국 얼굴을 드러내고 사라진
파리 잡는 끈끈이 종이 아시죠? 난 그 종이 같아요
온갖 지저분한 것들이 다 들러붙는
지나친 비약 아닌가요?
불행을 설명하긴 힘들죠
앞으로는 어떻게 될 것 같아요?
모르겠어요… 내 미래는 마치 폐점한 상가에 쇼윈도 같아요
밖에선 사람들이 지나다니지만 아무도 절 거들떠보지 않죠
난 그냥 거기서 기다려요
뭘 기다리죠?
무슨 일이 벌어지길

# 3.

# 걸어다니는
# 쓰레기

**

●

_____ 위로하지 마

안 그래도 충분히 울고 싶으니까

_____ 있잖아요

기억 속에 기억하고 싶지 않은 그런 기억 있잖아요. 마음속에 꼭꼭 숨긴 채 자물쇠로 채워버린 그런 기억 있잖아요. 가끔은 마음의 문을 활짝 열고 모든 걸 다 드러내고 싶지만 그럴 수 없는 그런 기억 있잖아요. 커다란 지우개로 지워버리고 싶지만 열쇠를 어디에 버렸는지 기억나지 않아 지울 수도 드러낼 수도 없는 기억 속에 기억하고 싶지 않은 그런 기억 있잖아요.

●

_____ 자소서

　나는 내 인생에 조연이었습니다. 쇠도 녹일 만큼 뜨겁게 타올라야 할 순간마다 바람에 사그라져버리는 촛불처럼 아슬아슬, 그래도 남자라고 울지도 못하고 살았습니다. 만약 나이를 노력해서 먹었다면 난 아마 지금쯤 일곱이나 됐을까요? 여덟 살 때부터 그랬고 지금도 그렇습니다. 죄송합니다. 아무리 뜯어봐도 이렇습니다. 나는 내 인생에 조연이었습니다. 비바람에 휘어져버린 우산처럼 위태롭게, 그래도 남자라고 울지도 못하고 그렇게 살았습니다.

●

_____ 조연

명사. 주연을 보조하여 연기함. 또는 그런 역할을 맡은 사람

●                    ʼ

____ 못난이
____ 손가락


엄마의 아들이 아빠가 되었다. 하지만 엄마는, 아직도 엄마 아들 걱정뿐이다. 혹시나 엄마가 어디선가 내 삶을 지켜보고 계셨던 게 아닐까… 뒤를 돌아본다. 엄마가 없다. 다행인데 섭섭하다. 엄마가 보고 싶었나 보다. 신호가 가는 소리… 신호가 가는 소리… <미스터트롯> 재방을 하나? 신호가 가는 소리… 신호가 가는 소리… 신호가 가는 소리… <미스터트롯>이 재방을 하나 보다. 섭섭한데 다행이다. 전화를 끊는다. 엄마의 잔소리가 들린다. 밥은? 술은? 담배는… 너, 우니? 남자 새끼가.

밤하늘인데 별이 없다. 엄마 별이 그만 놀고 밥 먹으라 했나. 진짜라면 얼마나 좋을까? 나도 밤하늘에 별이 되고 싶다. 갑자기 엄마의 낮은 한숨이 고막이 아닌 가슴을 친다.

●
##### 질량보존의
###### 법칙


모든 일에는 다

그만한 대가가 따르는 법이지

세상에 공짜란 엄마의 밥상 단, 하나뿐이니까

●

———— 패착

거기서부터 시작이었지. 처음 보는 사람들이 나에게 선생님
이라는 호칭을 사용하고 어른들은 나와 술자리를 같이하려 하
고 학교 구내식당 옆자리에 앉아서 나도 모르는 내 얘기를 주고
받으며 날 마냥 신기해하는 같은 대학 학생들의 표정과 대화를
즐기면서…

한번 생각해봐, 얼마나 재밌었겠어. 내가 여자다? 아니다, 나
는 남자다! 내가 영국 유학생이다? 아니다, 나는 미국 유학생이
다! 내가 출판 재벌이다? 아니다, 우리 아버지가 재벌이다! 심지
어 누군가 내 시를 내 뒤에서 다 써준다? 아니다, 나는 천재다!
세상에, 내가 죽었다? 까지!

좀 느끼하지? 이상하게 지, 자랑하는 것도 같고. 알아, 나도. 사실 지금 내 손발이 더 오그라들걸. 근데 다 사실이야. 나는 숨기는 거나 부풀리는 건 잘하지만 없는 사실을 지어내지는 못하거든. 버스를 열 번 타면 한두 번 정도는 누가 내 옆에서 내 시집을 읽고 있었다니까, 거짓말 같지? 내 말이. 솔직히 난 지금도 잘 안 믿기는데 그때 난 어땠을까?

## 걸어다니는
## 쓰레기

　내가 사랑이라는 단어를 알리바바와 40인의 도둑들이 보물을 숨긴 동굴의 문을 열 때 외우는 "열려라 참깨" 같은 주문처럼 사용하게 된 건 그때부터였어. 그리고 내가 사랑이라는 두 글자를 사용해서 사랑에 빠진 사람들의 마음을 훔칠 때마다 날 추켜세우며 사랑한다… 고 속삭이는 사람들의 얼굴에서 가끔씩 먹이를 돌보는 거미가 떠올랐지만 어차피 인간이란 건, 모두 다 조금씩은 어딘가 이상한 생물이니까, 생각하면서.

　나는 영원히 살 것처럼 교만하고, 오늘만 살 것처럼 아무런 생각 없이, 내일은 없는 사람처럼 오만방자하게도 하루하루, 하루를 살았지. 나에게 문을 열어준 세상과 세상 사람들이 베풀어준 호의를 감사가 아닌 권리처럼 누리면서… 말이야.

_____ 자승자박

그러던 어느 날, 나는 내 영혼이 빠져나가는 그 순간의 소리를 들었지. 하지만 그때 난 이미, 팔지 말아야 할 걸 팔아버린 후였고 그날 바라본 하늘은 어렸을 때 바라본 하늘보다 훨씬 더 멀었던 기억이 나.

_____혹시

사막 걸어본 적 있어요? 없어요? 나도 없어요. 그럼 혹시 사막을 걷고 싶은 생각은 한 적 있어요? 없어요? 나도 없어요. 그럼 혹시 사막을 걷는 것 같은 길을 걸어본 적 있어요? 없어요? 나는 있어요.

●

_____ 과자
_____ 깨무는 소리

난 내가 아주 많이 불편하다. 그래서 난 나를 바라보면 숨이
막힐 때가 있다. 하지만 내가 늘 그랬던 건 아니다. 한때 나는 나
와 하나였고 우리는 행복했다. 그때 내 침대 머리맡에는 늘 연습
장이 놓여 있었고 이불 속에는 항상 펜이 있어 나는 자다가도 시
를 쓸 수 있었다. 첫 시집이 나오기 전까지 아주 짧은 시간이었
지만… 어떤 사람들은 날 대단한 패배자로 여긴다. 말을 안 해도
다 들린다. 내무반 불침번이 몰래 먹었던 과자 깨무는 소리처럼.

난 뭔가를 잃어버렸다. 나는 그 뭔가가 뭔지는 잘 모르겠지만
자꾸만 혀로 건드리게 되는 입천장의 상처 같다.

● 

───── 골초들의

───── 간접흡연

외로움이란

하루에 열다섯 개의 담배를 피우는 것만큼 건강에 위험한 것

으로도 나타났다.

그리고 감정은 날씨와 같다고 한다.

바람이 규칙이나 시간에 맞춰 불어오지 않는 것처럼.

●

—— 내 친구의 집은

———— 어디인가

나는 매일 혼자 놀았다, 고 생각했다. 왜 그랬을까? 가끔 노래
도 불러주고 심심하면 영화도 봐주고 울적할 땐 옷도 사주고, 그
래도 울적함이 안 풀리면 기절해 잠들 때까지 술도 마셔준 내가
항상 옆에 같이 있었는데. 그것뿐일까?

외로울 땐 친구도 만들어주고 더 외로워지면 사랑에 빠지게
도 해주고 그 사랑이 나를 더욱 외롭게 하면 같이 울고, 같이 웃
고, 같이 고민하고, 같이 아파하면서, 같이 시도 써준 내가 항상
옆에 같이 있었는데. 그런 나를 두고 나는 왜 매일 내가 혼자 놀
았다, 고 생각했을까?

그래서 생각해봤다. 그리고 생각이 났다. 갑자기 눈물이 흘러

서 갑자기 울었던 그날. 그, 순간, 순간들. 그래서 다시 생각해보니 벌써 12년 전 일이다. 내가 웃음도 팔고 글도 팔고 영혼도 팔아먹고 살았던. 그날 나는 왜 분당에 있었고 누구랑 그렇게 술을 마셨을까? 그때 우리 집은 잠실이었고, 나는 분명 혼자 울고 있었는데.

●
───── 눈물의
─────── 온도

　　그날 나는 나도 모르게 흐른 눈물을 손등으로 훔치며 처음에
는 당황했고 그다음엔 서러웠고 그다음에는 울어버렸다. 엄마
손을 놓쳐버렸던 동물원에서처럼 아주 크게, 인간들이 사용하
는 동물들의 언어처럼 굉장히 솔직하게. 그렇게 한참을 울다가
"근데, 내가 지금 왜 울지?" 하고 손등에 훔친 눈물을 바라봤지
만 눈물은 대답해주지 않았다. 그래서 난 그날 내가 왜 그렇게
서럽게 울었는지 알 수 없었다.

　　하지만 이젠 알 것 같다. 아니, 알 것도 같다. 내가 그날 왜 울
었는지. 그래서 나는 지금부터 내가 그날 왜 그렇게 울었었는지
최대한 침착하고 솔직하게 자기연민을 다 걷어낸 채로 최소한
의 문장만을 사용해 나열해보고자 한다. 벌써부터 부끄럽다.

●

＿＿＿ 프라이버시

화장실 문을 잠그고 볼일을 보는 행위

●
___ 비밀

화장실 문을 잠그고 남들은 모르는 행위를 하는 행위

●
___ 프라이버시와
_____ 비밀의 중간쯤

나는 내가 아니라 원태연이 되고 싶었다. 더 유명하고 더 대
접을 받고 더 잘나가고 더 많은 일들을 해치워 나가면서도 마
치, 그게 뭐 별일이냐는 듯이 뒤도 한 번 안 돌아보고 사는 척,
하면서.

# 가면의
## 얼굴

자고로 탐욕은 사람을 더 해괴하게 만들기 마련이지
비슷한 모양의 가면이 서로 다른 표정을 품고 있는 거랑 비슷해
때가 되기 전까지 다들 감추고 있었을 뿐

●

　　하루를

　　　　마치고

　집으로 돌아가는 거리, 거리마다 표정도 신발도 옷차림도 걸어가는 방향조차도 미리 다 짜 맞춰놓은 듯이 나오는 정반대였던 사람들. 같이 걷고 싶은 마음이 너무 간절해 차라리 외면해버렸던 풍경들. 나는 그 풍경 속에 끼어들어 같이 걷고 싶었다. 그래서 그랬다.

●
___ 결국

혼자 걷고 있었지만

**어느 공간**

어딜 그렇게 바라봐요?
바람이요

# 4.

## 커피는 쓰고, 너는 달고,
## 나는 영원히 살고 싶었다

*

●
_____ 이미

모든 것을 가진 듯한 아이였지

●

—— 드라마처럼

———— 아니, 영화처럼

어느 날, 느닷없이 불쑥 내 앞에 나타나서는 내 꿈틀거리는 심장을 훔쳐 간 이름. 난 그 이후로 꽤 오랫동안 가슴속에 명찰처럼 그 이름을 꽂고 살았지. 만약 당신이라면 어쩌겠나? 숨이 멎을 만큼 매혹적인 여인이 당신을 숨이 막히는 외로움에 몰아넣는 당신의 연인이 된다면.

_____ 친구가
_____ 화장실에 갔을 때


친구가 없는 친구의 2층 다락방에서 처음 널 보고, 친구가 화
장실에서 돌아와 친구가 없는 친구의 2층 다락방에 어색하게 서
있는 우리를 인사시켜주었을 때 널 또 보고는, 친구의 집에서 나
와 친구의 집 앞 택시 정류장까지 함께 걸어가면서 난 우리가 다
시 만나게 될 줄 알았지. 운명보다 강한 울림이었어, 거스를 수
가 없는…

그래서 사랑한 거야.

●
___ 마치

널 만나려고 태어난 사람처럼

●
_____ 너의 이름은

　어쩌면 첫사랑. 어쩌면 내 신발. 어쩌면 잘못 끼운 첫 단추. 어쩌면 내 거울. 어쩌면 아무도 밟은 적 없는 눈밭 위의 맨발. 어쩌면 벼랑 끝에서 바라본 나의 노을. 어쩌면 비발디의 사계 중 겨울 1악장. 어쩌면 버리지 못한 영원한 나의 꿈. 어쩌면 내가 마지막에 마주치고 싶은 눈동자.

_____ 사랑의 조건

난, 모르는 게 많은 스물한 살이었다. 뭔가를 꼭 해야 하는데 사방이 다 꽉 막힌 듯 아무것도 할 수가 없었던. 그때 너를 만났고 그래서 더 뜨겁게 사랑했고, 그래서 더 벅차게 행복했다. 너는 너의 자리로 나는 나의 자리로 돌아갈 때까지.

넌, 이미 모든 것을 가진 듯한 아이였다. 수학 문제처럼 공식을 풀면 정답이 나오는 세상에서 얼음처럼 차가운 사람으로 살고 싶다고 했었던. 그래서 우리는 헤어졌다. 그래서 더 아프게 이별했고, 그래서 더 끝도 없이 무너져 내렸다. 너는 너의 자리로 나는 나의 자리로 돌아갈 때까지.

●

미친 하루하루,

하루

너는 너의 자리, 나는 나의 자리. 그래서 내 빈자리.

4. 커피는 쓰고, 너는 달고, 나는 영원히 살고 싶었다

_____ 겨울 여행

처음엔 그냥 함께인 게 좋았다. 그래서 같이 여행을 떠나고
싶었다. 하지만 여행은 나 혼자였다. 우리는 봄에 만나 가을에
헤어졌으니까… 엄청나게 추웠던 기억이 난다. 그해 겨울은 고
속도로 휴게소의 화장실까지 얼려버렸고 나는 혼자 우동을 먹
고 주머니 난로 한 팩을 샀다. 공중전화박스가 눈에 들어왔고 그
앞에 서서 주머니 난로 하나를 뜯어 손에 쥐었다. 따뜻했다.

그림처럼 펼쳐진 해안도로를 지나서 그림처럼 눈이 날리던
폐점한 놀이동산 주차장에 차를 세웠다. 인형 뽑는 기계에서 뜬
금없이 들려왔던 로맨스… 난 아직까지도 그렇게 쓸쓸했던 로맨
스는 들어보지 못했다, 그립다. 정체 모를 감정과 그 공기들.

●

\_\_\_\_\_ 눈이 되지 못한

_____ 비

나는 너랑 같이 있을 때 행복해 보였고 나는 너랑 있을 때 반짝반짝 빛이 났다. 나는 너를 보고 있으면 너는 나와 너무나 달라서 나는 너를 외우고 너를 따라 해봤었지만 나는 네가 될 수는 없었다. 그러다 보니 나는 너에게 하고 싶은 말들이 점점 쌓이게 됐고 매번 너의 눈을 쳐다보면서 매번 처음 쓰는 편지인 것처럼 매번 마음속으로만 했던 나의 고백은 결국 나의 시가 되었다.

●
　────── 피천득의
　──────── 인연

　　처음 읽을 땐 "세 번째는 아니 만났어야 좋았을 것이다"라는
마지막 문장에서 울고, 다시 읽을 땐 세 번째는 아니 만났어야
좋았을 두 사람이 처음 만났을 때부터 울고, 다시 한번 읽으려다
하필이면 그 제목이 인연이라 덮은

●

───── 인연

명사. 사람과 사람 사이의 연분

또는 사람이 상황이나 일, 사물과 맺어지는 관계

## 외로움의 집

외로움은 피부 속에 산다. 비가 오는 날 알 수가 있었다. 외로움은 친구가 없다. 바람 부는 날 알 수가 있었다. 외로움은 말이 없다. 눈이 내리는 날 알 수가 있었다. 나는 가끔 외로움이 꼭 나 같다는 생각을 했다. 그래서 난 외로움이 내 마음속에서 사는 줄 알았다. 하지만 너를 만나고 너를 사랑하고 너와 헤어진 다음 날부터 비가 오거나 바람이 불거나 눈이 내릴 때마다 내 마음은 이미 내 것이 아니었고 나는 껍데기밖에 남지 않았다는 걸 알 수가 있었다.

외로움은 피부 속에 산다.

커피는 쓰고, 너는 달고, 나는 영원히 살고 싶었지.

●

—— 너무

——— 멀리 왔다

그래서 여기가 어딘지를 모르겠다. 그래서 너에게 물어보고
싶었다. 우리가 어디까지 함께였고 내가 어디서부터 혼자였는
지. 근데 네가 없다. 그래서 너에게 물어보고 싶다. 우리가 어디
까지 함께였고 내가 어디서부터 혼자였는지.

●
_____ 기다리는
_____ 방법

  당신의 하루가 별처럼 반짝이고… 당신의 심장이 말발굽처럼
지축을 울리고… 당신의 마음이 마녀의 거울처럼 솔직하고… 당
신의 두 눈동자가 당신의 그 마음처럼 당신을 항상 투명하게 할
수 있다면…

●

**어느 공간**


우리에게도 잠시 기대어 쉴 바람이 필요하지

5.

잔

*

## ___ 초콜릿에 소주?

나쁘지 않아
달콤하고 촉촉하게
젖어 들다가 할지? 말지?
말까? 할까? 했던 이야기를
술기운에 술 술 술 하고 있지

●

——**잔**

명사. 마실 것을 따라 마시는 작은 그릇. 특히 술을 따라 마시는 작은 그릇을 이른다

●

___ 유리잔

사랑. 부르는 순간 스스로 녹아내리는 얼음 조각

조심조심, 그 전에 깨뜨릴 수도 있어

●

___ 깨진 잔

외로움. 아무리 채워봐도 그 순간뿐이지

●

———— 작은 잔

고독. 느닷없이 불쑥, 흘러넘치지만

절대로 배신하지 않는 친구라고 생각해도 좋아

●

___ 커다란 잔

그리움. 간절한 순간 적절한 장소에서

깊은 고독 속을 헤매게 만드는 부질없는 수고스러움

●

<u>   </u> 일회용 잔


인생. 네가 원하는 대로 멈췄다 다시 시작하지 않아

●

___ **버려진 잔**

상처. 내가 왜 웃지도, 울지도 않는지 알아?

심장에 보톡스를 맞았거든. 그것도 굉장히 헤비한 걸로

●

_____ **샴폐인 잔**

결혼. 사랑은 작은 추억이 모여 만들어지는 거야

서로의 잘못을 잊을 때가 아니라 서로가 서로를 용서할 수 있

을 때

●

—— 남의 잔

탐욕. 여보게, 정신 차려 이 친구야

## ●
### —— 눈물의 잔

추억. 난 슬플 땐 설탕물을 마셔

포도당은 마음을 진정시켜주는 효과가 있거든

●

_____ **막잔**

거짓말. 모두의 거짓말

●

_____ 자작

후회. 인간이 누릴 수 있는 제일 비겁한 사치

●

—— 물 한잔

숙취. 가끔은 세상에서 제일 맛있는 음식

●

_____ 가득 차 있는 잔

교만. 희망을 잃어버린 괴물들

●

____ 첫 잔

여행. 미지와의 조우

비행기를 놓치는 건 무섭지 않아, 멤버가 중요하지

●
___ 식어가는
_____ 커피 잔

이별. 주는 쪽 받는 쪽 모두 상처를 입기 쉽다

●

—— **딱, 한 잔**

미련. 손가락 사이로 빠져나가는 백사장 하얀 모래

●
___ 그때 그 잔


안녕. 죽을 때까지 못 잊을

●

___ 빈 잔

닥쳐. 내가 누군지는 내가 결정해

●

**어느 공간**


다시 한번 물어봐줄래요?
뭐를요?
뭘 하고 싶은지
뭘 하고 싶어요?
뭐든 될 수 있다면?
뭐든지 될 수가 있다면!
화성에 식민지를 개척하고 싶어요

# 6.
## 내 마음은
## 어떻게 생겼을까?

**

●

—— 운전대 좀
———— 잡아줄래


가끔 얼음에 희석시키지 않은 위스키가 그리울 때가 있어. 작은 잔에 가득 담긴 노란 액체를 혀끝이 느끼기 전에 꿀꺽, 삼켜버리고 나면 가슴 저 끝에서부터 내가 조금은 강해졌다고 생각되는 묘한 성취감이 올라오기도 하거든, 오늘이 그런 날이야. 특별히 별일도 없었는데, 유난히 내가 별 볼 일 없는 사람처럼 느껴지는…

●
_____ 야간비행

어둡고 길고 긴 그런 밤을 보낸 적이 있다. 어둡고 길고 길었던 그런 밤이면 생각이 꼬리에 꼬리를 물고 시간은 끝없이 느껴지곤 한다. 내 마음속에 뭐가 있든 그건 다 내 감정이었고 그건 다 나였기 때문에 그 어디로도 도망칠 수가 없는 그런 밤이었다. 그런 밤이면 난 기내식이 그리워진다. 잃어버려도 되는 일회용 포크와 나이프, 일회용 설탕과 크림, 잊어버려도 되는 일회용 친절과 미소까지.

6. 내 마음은 어떻게 생겼을까?

## 손톱

### 깎을 때

　오른손 먼저 깎아요? 왼손을 먼저 깎아요? 오른손 먼저 깎는 사람은 슬픔을 삼키고, 왼손을 먼저 깎는 사람은 눈물을 삼킨대요. 왼손 먼저 깎는 사람은 울보라는 얘기.

●

____ 난 왼손 먼저
_____ 깎아요

맞아요. 나 울보예요, 울보. 사실은 바보죠. 울고 싶을 때 울지도 못하는 바보. 아마 사람들이 관심 없거나 잘 살펴보지 않아서 그렇지 나 같은 사람들 주위에 엄청 많을 거예요. 내 속엔 내가 너무나 많아서 손대면 톡, 하고 울어버릴 것만 같은 바보들…

어때요? 한번 찾아서 울려보고 싶지 않으세요? 깜짝 놀랄지도 몰라요. 혹시 당신일지 누가 알아요? 나도 몰랐는데.

●

—— 감춰진 나를

——— 스스로 본다는 건

어쩐지 나는

반갑기보다는 아플 것 같아…

그래서 나는

자꾸만 이렇게 눈을 또 감는 거야…

나를 잊지 말아요. 그대가 행복했던 나 말고 그대랑 아파했던 나 말이에요. 그대가 여기 없으면 그대랑 아파했던 날 누가 기억해주겠어요? 내가 존재할 수 있는 공간은 그대가 나를 기억하는 지금 이 순간뿐이랍니다. 난 그 크기만큼 내 몸을 은박지처럼 구겨 넣거나 채소처럼 갈아서라도 맞춰 넣어야 하구요. 그래서 그대가 아픈 거예요, 그때마다 내가 아파하는 만큼.

●
─── 유천면옥 화장실
─────── 오늘의 명언

후회하기 싫으면 그렇게 살지 말고 그렇게 살 거라면 후회하
지를 말아라.

●

_____ 소리


사람이 사람을 사랑한다는 소리는

사람이 사람에게 사랑받고 싶을 때 울리는 사람의 마음의

소리

●

___ 감정은 0.3초,

_____ 감동은 하늘까지

　미안해보다 고마워. 고마워보다 사랑해. 사랑해보다 널 사랑
해. 널 사랑해보다 너만을 사랑해. 너만을 사랑해보다 나부터가
아니라 너부터.

●

—— 나는

———— 겁이 납니다

내가 사랑하는 사람들이 나한테 실망할까. 내가 사랑하는 사람들이 나한테 실망하고 상처받을까. 내가 사랑하는 사람들이 나한테 실망하고 상처받고 나 몰래 울까. 내가 사랑하는 사람들이 나한테 실망하고 상처받고 나 몰래 울다가 내가, 나한테 실망하고 상처받고 나 혼자 울까 봐, 내 앞에서 항상 웃고 있지 않을까…

●

_____ **배려**

명사. 여러 가지로 마음을 써서 보살피고 도와줌

●
_____ 겉표지로 책을
_____ 판단하지 마

　나는요, 나는 말입니다, 눈물도 많지만 콧물도 장난 아니랍니다. 나를요, 나를 말입니다, 눈물만 흘리는 울보라고 생각하지 마십시오.

●

  ──── 나의

  ──────── **취향과 성향**

　나는 수영장에서 나올 때 몸에 달라붙는 수영복의 감촉이 싫
다. 나는 물에 불어서 주름진 손가락과 아침에 남아 있는 얼굴의
베개 자국이 싫다. 나는 사람들과의 마찰과 오해보다는 그 모든
것이 다, 내 탓인 것만 같을 때 찾아오는 자학감이 싫다. 나는 택
시를 타면 내릴 때까지 들어야 하는 뉴스와 당장 사과나무라도
한 그루 심어야 할 것처럼 불안하게 만드는 앵커의 목소리가 싫
다. 그리고 나는 많은 사람들이 오고가는 거리에서 우는 아이를
다그치는 엄마를 보면 화가 난다.

　나는 햇살이 따뜻하거나 공기가 깨끗한 날에 느닷없이 밀려
드는 삶의 완벽한 조화를 사랑한다. 나는 재래시장 안에 진열된
통닭을 보고 침을 흘리는 개와 그 개를 보고 웃는 유모차 속의

갓난아이를 보면 다시 착해지고 싶어진다. 그래서 나는 여전히 나 혼자만의 시간에 익숙하다.

●

_____ 나의

_____ 취향과 성향과 갈망

　나는 물건을 쓰고 제자리에 두지 않는다. 그래서 나는 물건을 쓰고 제자리에 놔두는 사람이 되고 싶다. 나는 재밌게 놀고 맛있게 먹고 두 다리 쭉 뻗고 자던 내 어린 시절 이불이 그립다. 그래서 나는 재밌게 일하고 맛있게 먹고 두 다리를 쭉 뻗고 잠드는 매일매일, 매일을 살고 싶다.

　나는 오래전에 설렁탕집에서 엿들은 노부부의 대화 중에 "이렇게 젊고 예쁜 여자가 죽다니"라고 말하며 신문을 넘기던 할아버지와 할아버지 설렁탕에 고춧가루를 뿌려 넣으며 "늙고 못생긴 여자면 죽어도 돼요?"라고 말하던 할머니의 표정, 그리고 육개장처럼 새빨간 할아버지 설렁탕이 아직까지도 재밌다. 그리고 또 나는 읽고 있는데 듣고 있는 것 같은 빗소리를 언젠가는 꼭 한 번 써보고 싶다.

6. 내 마음은 어떻게 생겼을까?

●
───── 나의
──────── 취향과 성향과 갈망과 희망

행복해서 울어버리고
행복해서 미쳐버리다
행복해서 죽어버리고 싶다

●

###### 토끼와 거북이와

###### 나

행복해질 때까지, 행복해지기. 끝내 행복할 수 있도록

6. 내 마음은 어떻게 생겼을까?

반성을 해야 한다는 생각으로

반성을 하며 보낸 반성이 아닌 후회의 찌꺼기를 털고

난 죽을 때까지 살고, 이길 때까지 지고, 웃을 때까지 울 거야

●

_____ 반성하지

_____ 마란 말이야

그 시간에 새끼 용을 한 마리 키워봐

아주 작고, 단단하고, 컬러풀하면서도 견고한

●
───── 다음 주부터
───── 열심히 살겠습니다

내가 야채가 된다면 나는 토마토로 살고 싶어. 변화무쌍하잖아, 과일도 되고 야채도 되고. 물론 당근도 있고 시금치도 있고 뭐, 아보카도도 괜찮지. 하지만 양파는 싫어. 끝까지 껍데기뿐이잖아, 까는 사람 눈물만 뽑고 말이야.

내가 타임머신을 타게 된다면 난 일곱 살 때 생일선물을 두고 내렸던 버스에 다시 탈 거야. 번호는 기억을 못 하지만 포장도 못 뜯어본 날 두고 자욱했던 그 먼지와 함께 내 시야에서 유유히도 사라져버렸었던 그 버스에.

하지만 오늘, 지금. 이 순간 난 야채가 되고 싶지도 않고 타임머신을 탈 수도 없기에 먼저 양치를 하고 머리를 두 번 감은 후

에 다시 마음을 다잡고 "다음 주부터 열심히 살겠습니다"라고
다시 한번 기도할 거야.

───── 작은 차이와 큰 차이의

───── 커다란 차이

남들에게 모든 걸 이해받으려고 하지 마

트릭 없는 마술은 재미가 없고, 비밀이 없는 인간은 매력도

없어

●
###### —— 난 호기심이 많은
###### ———— 아이였습니다

모르는 게 많은 어른아이로 자라나버린… 하지만 나는 내가 모르는 걸 알고 싶지도, 알려 하지도 않았습니다. 사람은 누구나 다 자신이 옳다고 생각하고 사는 법이니까요. 끔찍한 짓을 저지르고 밤에는 자고 아침에는 평소처럼 눈을 떠 커피를 내리는 끔찍한 사람들조차도.

그렇게 몇 날, 몇 달, 몇 년이 흐르던 어느 날. 모르는 게 많은 어른아이는 호기심이 많던 아이에게 하늘이 열세 쪽이 나고, 입이 천 개라도 도대체가 할 말이 없는 질문을 하나 받게 됩니다.

"내가 뭘 모르고 있지?"

●

___ 뼈를 때리는

_____ 정답

나…

6. 내 마음은 어떻게 생겼을까?

— 나

내 편. 이 세상에서 단 하나뿐인

●

——— 영장류

내 생각엔 난 아이큐가 확실히 세 자리는 아니야

그리고 부모님한테는 죄송해야 할지 원망해야 할지 애매하
지만

솔직히 앞자리도 9가 아닌 것 같아

6. 내 마음은 어떻게 생겼을까?

학교가 싫었어요, 공부보다 훨씬. 선생님들은 더 싫었어요, 군대보다 훨씬 더. 꿈이란 쫓아가면 도망치고 도망치면 쫓아오는 개 같다는 생각을 하고 살았어요, 소설가가 되고 싶었는데 중3 때 중간쯤 쓰던 소설을 포기하고 삐뚤어진 것 같아요. 어른이 되기 위해서는 가이드가 필요할 것 같아요, 따뜻하고 친절하고 거짓말을 하지 않는 사람이면 좋겠어요.

나이를 먹었어요. 아니, 나이만 먹었어요. 돈처럼 주인이 바뀌는 인생보다 돈이 없는 인생이 더 끔찍하다는 걸 알았어요, 그때마다 난 여러 번 사고 팔렸어요. 좀 더 나은 인생을 살고 싶었어요, 저녁에는 집에서 고민하고 점심엔 일터에서 생각하다 아침에 눈 뜨기 전엔 어둠 속에서 날 설득했어요.

"ATM에서 돈을 뽑을 때, 그 돈이 어디서 오는지 궁금해?"

어른이 되기 위해서는 가이드가 필요할 것 같아요, 따뜻하고 친절하고 거짓말을 하지 않는 사람이면 좋겠어요. 나는 거짓말쟁이는 못 알아보지만 거짓말을 안 하는 사람은 알아볼 수 있거든요.

_____ 사람을
_____ 찾습니다

먼지 같은 하루 말고 공기처럼 평생을 살아온 사람. 미안할 때는 사과를, 고마울 땐 감사를, 불쾌할 때는 낮고 무섭지만 점잖게 욕을 하고 화를 내며 살아온 사람. 어제를 후회하고, 오늘을 반성하며, 내일을 준비하는 사람 말고 아무 일도 일어나지 않은 무탈한 오늘 하루에 감사를 하며 살아온 사람. 길을 잃었을 때, 길을 찾는 중이라고 생각하면서 살아온 사람. 누구의 그림자도 따라 걷지 않고 스스로의 길을 한발 한발 걸어온 사람. 내가 거울 속에서 언젠가는 꼭 한 번 만나보고 죽고 싶은 유일무이한 사람.

이제 곧,

　　마지막 장을 덮을 당신에게…

웃어요. 웃고 싶지 않아도 우리 그냥 웃어요. 슬플 때만 울지 않잖아요. 우리 그렇게 살지 않잖아요. 그러니까 웃어요. 돈 드는 것도 아니잖아요. 이래라저래라 해서 미안해요. 사실은 나도 누가 나한테 이래라저래라 하는 거 너무 싫어해요.

그럼 울어요. 내가 같이 울어줄게요, 나 정말 잘 울거든요. 내기해도 좋아요, 누가 먼저 우는지. 삼만 원 어때요? 더 걸어도 좋지만 그 밑으로는 안 할래요, 내가 분명히 이길 테니까. 갑자기 왜 착한 척이냐고요? 나 원래 착해요, 병신 소리까지 들을 만큼. 그리고 고맙잖아요, 여기까지 읽어주신 거. 사실은 엄청나게 열심히도 써 내려왔지만 여기까지 당신이 읽어주신 건, 내 글이 아니라 내 마음이잖아요.

그리고 또 이 책이 얼마일지 지금은 모르겠지만 김밥천국 소고기김밥보다는 분명히 더 비쌀 텐데 얼마나 고맙겠어요, 내가. 그러니까요. 그러니까 웃어요. 여기까지 읽은 당신도 여기까지 쓴 나도 그냥 한 번 웃어요. 기쁠 때만 웃지 않잖아요. 우리 그렇게 살지 않았잖아요.

**시인 원태연**

고맙습니다.
그래서 나도
고마운 사람이고 싶습니다

고맙습니다,
그래서 나도 고마운 사람이고 싶습니다

© 원태연, 2021

초판 1쇄 발행일 | 2021년 6월 03일
초판 3쇄 발행일 | 2021년 6월 16일

지은이 | 원태연
펴낸이 | 정은영
편  집 | 이현진 김정은
마케팅 | 최금순 오세미 박지혜 김하은 김도현
제  작 | 홍동근

펴낸곳 | 자음과모음
출판등록 | 2001년 11월 28일 제2001-000259호
주  소 | 04047 서울시 마포구 양화로6길 49
전  화 | 편집부 (02)324-2347, 경영지원부 (02)325-6047
팩  스 | 편집부 (02)324-2348, 경영지원부 (02)2648-1311
이메일 | munhak@jamobook.com

ISBN 978-89-544-4716-4 (03810)